TABLEAUX ANCIENS

Meubles et Objets d'Art

TAPISSERIES

Février 1913

IMPRIMERIE ARTISTIQUE
C. CHAUFOUR

CATALOGUE

DES

TABLEAUX ANCIENS

Estampes du XVIIIe siècle

PORCELAINES & FAIENCES ANCIENNES

Meubles, Sièges en tapisserie, Objets d'Art

TAPISSERIES

DONT LA VENTE AURA LIEU

HOTEL DROUOT — SALLE N° 1

LE VENDREDI 21 FÉVRIER 1913, à 2 heures

COMMISSAIRE-PRISEUR

Me ROBERT BIGNON, *41, Rue de la Victoire*

EXPERT POUR LES TABLEAUX

M. FERNAND MARBOUTIN

2, Rue de Marseille

EXPERTS POUR LES OBJETS D'ART

MM. BRANDICOURT ET BOURDIER

144, Rue de Courcelles

EXPOSITION PUBLIQUE

Le Jeudi 20 Février 1913, de deux heures à six heures

CONDITIONS DE LA VENTE

Elle sera faite au comptant.

Les adjudicataires paieront *dix pour cent* en sus des enchères.

L'exposition mettant le public à même de se rendre compte de l'état et de la nature des objets, il ne sera admis aucune réclamation une fois l'adjudication prononcée.

Paris. — Imp. C. Chaufour, 6-8, rue Milton

DÉSIGNATION

TABLEAUX ANCIENS

PASTELS — GOUACHES

ADRIAENSSEN (ALEXANDRE)

1 — Poissons et oiseaux.

Bois.

Signé en bas à gauche: ALEX. ADRIAENSSEN fec.

Haut. : 0m52; Larg. : 0m73.

ADRIAENSSEN (ALEXANDRE)

2 — Chat convoitant un plat de poissons.

Bois.

Signé en bas à gauche: ALEX. ADRIAENSSEN fec..

Haut. : 0m52; Larg.: 0m75.

DROUAIS (HUBERT)

3 — Portrait d'homme.

En buste, la tête tournée de trois quarts vers la droite, coiffé d'une perruque poudrée, il porte un riche habit de velours ouvert sur un jabot de dentelle.

Signé et daté au milieu à droite : DROUAIS, 1733.

Bois.

Haut. : 0m73 ; Larg. 0m60.

ÉCOLE FLAMANDE

4 — Portrait d'homme.

Représenté à mi-corps, la figure de trois-quarts, son cou encadré d'une collerette, il porte un pourpoint de satin noir.

Bois.

Haut. : 0m73 ; Larg. : 0m60.

ÉCOLE FRANÇAISE

5 — La Toilette de Vénus.

Gouache.

Haut. : 0m24 ; Larg. : 0m15.

ÉCOLE FRANÇAISE

6 — L'Oiseau envolé.

Pastel de forme ovale.

Haut. : 0m55 ; Long. : 0m43.

ÉCOLE FRANÇAISE

7 — La Toilette.

Pastel de forme ovale.

Haut. : 0m55 ; Larg. : 0m43

N° 9

ÉCOLE FRANÇAISE XVIIe SIÈCLE

8 — Portrait d'un magistrat.

Toile ovale.

Cadre époque Louis XIV en bois sculpté et doré.

Haut. : 0m73 ; Larg. : 0m60.

ÉCOLE FRANÇAISE XVIIIe SIÈCLE

9 — Portrait de femme.

Vue presque à mi-corps, la tête tournée de trois-quarts vers la gauche, elle porte sur la tête une légère coiffure de batiste ; une croix est suspendue à son cou par un large ruban de velours noir ; légèrement décolletée, elle est vêtue d'une robe à grands ramages de fleurs, ornée sur le devant et aux manches de fine dentelle. De la main gauche elle tient une rose.

Toile.

Cadre époque Louis XIV en bois sculpté et doré.

Haut. : 0m81 ; Larg. : 0m65.

ÉCOLE FRANÇAISE XVIIIe SIÈCLE

10 — Portrait d'un homme de loi.

Représenté en buste, de trois-quarts, coiffé d'une perruque poudrée, il est assis devant une table et tient un acte de sa main droite.

Vêtu d'un habit de velours rouge, de son gilet s'échappe un jabot de fine lingerie.

Toile.

Cadre époque Louis XIV en bois sculpté et doré.

Haut. : 0m81 ; Larg. : 0m65.

ÉCOLE FRANÇAISE XVIIIe SIÈCLE

11 — Portrait de fillette.

Des fleurs piquées dans ses cheveux, la robe légèrement décolletée, elle tient un bouquet de la main gauche.

Toile.

Cadre de style Louis XV en bois sculpté et doré.

Haut. : 0m49 ; diamètre : 0m39.

ÉCOLE FRANÇAISE XVIIIe SIÈCLE

12 — Les Petits Pâtres.

Près d'un pont rustique, deux enfants s'amusent en gardant leur troupeau.

Toile. (Restaurations.)

Haut. : 0m65; Larg. 0m54.

ÉCOLE FRANÇAISE XVIIIe SIÈCLE

13 — Portrait d'homme.

Pastel.

Haut. : 0m45 ; Larg. : 0m38.

ÉCOLE FRANÇAISE XVIIIe SIÈCLE

14 — Baigneuse.

Gouache.

ÉCOLE FRANÇAISE XVIIIe SIÈCLE

15 — Jeune femme accoudée à un balcon.

Pastel.

Cadre Louis XIV en bois sculpté et doré.

Haut. : 0m23; Larg. : 0m18.

ÉCOLE FRANÇAISE XVIIIe SIÈCLE

16 — Portrait de jeune fille.

Pastel.

Cadre Louis XVI en bois sculpté et doré

Haut. : 0m40; Larg. 0m31.

GÉRARD (Ecole de)

17 — Portrait de jeune femme.

Pastel.

Haut. : 0m45; Larg. : 0m37.

HUET (Ecole de J.-B.)

18 — L'Abondance.

Dessin à la sanguine.

Haut. : 0m39; Larg. : 0m29.

MIÉRIS (Ecole de VAN)

19 — Le Buveur.

Bois.

Haut. : 0m21 : Larg. : 0m17.

RIGAUD (Attribué à H.)

20 — Portrait de Lemaçon de Thorigny, colonel du Royal-Catinat.

Représenté de trois quarts, coiffé d'une perruque, il porte une armure entourée d'une étoffe de velours rouge.

Toile. (Restaurations.)

Haut. : 0m85 ; Larg. : 0m67.

VAN LOO (D'après)

21 — La Vestale.

Dessin aux crayons de couleurs.

Par BONNET.

VAN SPAENDONCK (G.)

22 — Roses et tulipes.

Dessin au crayon.

Signé en bas à droite.

Haut. : 0m55; Larg. : 0m40.

VERNET (Ecole de JOSEPH)

23 — Lever de lune sur un port.

Au premier plan à gauche, des pêcheurs préparent leur repas.

Gouache de forme ronde.

VERNET (Ecole de Joseph)

24 — Vue d'un port animé de nombreux personnages.

Gouache.

Haut. : 0m24 ; Larg. : 0m37.

WAHLBERG (Alp.)

25 — Port en Norvège. Effet de lune.

Signé en bas à gauche.

Toile.

Haut. : 0m46 ; Larg. : 0m67.

ESTAMPES

AUBRY (D'après)

26 — La Reconnaissance de Fonrose.

Par De Launay.
Epreuve en noir. Tirage postérieur.

BOUCHER (D'après)

27 — Vénus aux colombes.

Par Bonnet.
Epreuve imprimée en sanguine.

BOUCHER (D'après)

28 — Le Départ du courrier.

29 — L'Arrivée du courrier.

Par Beauvarlet.
Deux épreuves en noir, tirage postérieur.

DUPLESSIS (D'après)

30 — M. Necker.

Par A.-F. Sergent.
Epreuve imprimée en couleurs

ECKSTEIN (D'après)

31 — A Newfounland dog saving a child from drowning.

32 — The child restor'd to his family by the Newfounland dog.

Deux épreuves par Richard Earton, imprimées en couleurs, se faisant pendants.

FRAGONARD (D'après)

33 — Serments d'amour.

Par Bervich.
Epreuve en noir.

FREUDEBERG (D'après)

34 — La Félicité villageoise.

35 — La Gaieté conjugale.

Par De Launay.
Deux épreuves en noir, tirage postérieur.

GREUZE (D'après J.-B.)

36 — L'Accordée du village.

Par J.-J. Flippart.
Epreuve imprimée en noir.

GREUZE (D'après J.-B.)

37 — Le Paralytique servi par ses enfants.

Par J.-J. Flippart.
Epreuve imprimée en noir.

HOPPNER (D'après J.)

38 — La Princesse d'Orange.

Par J. Condé.
Belle épreuve imprimée en noir.

JANINET

39 — Mademoiselle Dumesnil dans le rôle de Jocaste.

Epreuve imprimée en couleurs.

JEAURAT (D'après)

40 — Le Transport des filles de joie à l'Hôpital.

Par Le Vasseur.
Belle épreuve imprimée en noir.

KNELLER (D'après G.)

41 — Portrait de Pierre le Grand.

Par J. Smith.
Epreuve imprimée en noir, petite marge.

LEDIEU (D'après)

42 — Chasse aux perdrix.

Chasse au faisan.

Chasse au lapin.

Chasse aux canards.

Par Moreau.
Epreuves imprimées en noir.

LOIR (D'après Mlle)

43 — Madame du Bocage.

Par Tardieu le fils.
Epreuve imprimée en noir.

OSTADE (Ad. van)

44 — La Cour rustique.

Belle épreuve imprimée en couleurs.

OSTADE (D'après Ad. Van)

45 — La Tabagie hollandaise.

Par Janinet.
Belle épreuve imprimée en couleurs, petites marges.

OSTADE (D'après Ad. Van)

46 — La Chaumière flamande.

Par Janinet.
Belle épreuve imprimée en couleurs.

PAYE (D'après R.-M.)

47 — Children Sponting Comedy.

48 — Children Sponting Tragedy.

Deux épreuves par C.-H. Hodges imprimées en couleurs, se faisant pendants.

PERLIN (D'après F.)

49 — Les Bains publics.

Par Sellier.
Epreuve coloriée.

REMBRANDT (D'après)

50 — La Nativité.

Epreuve imprimée en noir.

REYNOLDS (D'après J.)

51 — La Comtesse de Conventry.

Par J. Watson.
Epreuve à la manière noire.

REYNOLDS (D'après J.)

52 — Countess Spencer.

Par Bonnefoy.
Belle épreuve imprimée en noir.

REYNOLDS (D'après J.)

53 — Miss Bingham.

Par Bonnefoy.
Belle épreuve imprimée en noir.

SAVOYE (D'après)

54 — Euphrosine.

Par Philippeaux.
Epreuve ovale imprimée en bistre.

SAYER (R.)

55 — Pan et Syrinx.

Épreuve à la manière noire.

WATTEAU (D'après)

56 — Le Rendez-vous comique.

Par Janinet.
Épreuve imprimée en couleurs, sans marge.

PORCELAINES ET FAIENCES

57 — Cafetière et son couvercle en ancienne porcelaine de Marseille, à décor de personnages dans un paysage maritime. Signée R.

58 — Sucrier en ancienne porcelaine de Marseille, à décor de personnages dans un paysage champêtre. Signé R.

59 — Pot à lait en ancienne porcelaine de Marseille, décor à nombreux personnages dans un paysage champêtre.

60 — Tasse et sa soucoupe en ancienne porcelaine de Sèvres, à décor camaïeu rose, représentant au centre un Amour tenant un pigeon dans ses bras.

61 — Sucrier à poudre, en ancienne porcelaine de Chantilly, à décor de fleurettes bleues.

62 — Cinq tasses avec soucoupes en porcelaine de la Chine, décor à fleurs.

63 — Pot à lait en porcelaine de Paris, à décor de fleurettes.

64 — Chocolatière en ancienne faïence de Moustiers, à décor de petits Chinois. Fabrique de Ferrat.

65 — Paire de cornets en faïence, décor de Moustiers à médaillons mythologiques.

66 — Paire de porte-bouquets appliques en ancienne faïence de Marseille, à bords dentelés et décor de fleurs sur fond jaune.

67 — Petite corbeille ajourée en ancienne faïence, à décor de fleurs; les anses sont formées par des branches terminées par un fruit.

68 — Jardinière en ancienne faïence de Marseille, à bords dentelés et décor de fleurs; les extrémités sont formées de corps de poissons formant pieds. Signée VP.

69 — Bouquetier d'applique en ancienne faïence de Moutiers, à décor de petits Chinois; le couvercle ajouré est surmonté d'une rose et de branchages. Fabrique de FERRAT.

70 — Boîte ronde en ancienne faïence des Islettes, à décor polychrome.

71 — Assiette en ancienne faïence de Delft, à décor d'oiseaux.

72 — Petit compotier à bords dentelés, en ancienne faïence de Rouen, décor dit au Chinois.

73 — Assiette en ancienne faïence de Marseille, décor de fleurs et papillons.

74 — Petite corbeille en ancienne faïence de Strasbourg, décor à fleurs.

75 — Coupe ovale en faïence de Bernard Palissy, représentant une Scène de la Vie du Christ.

OBJETS D'ART

76 — Pendule en marbre blanc, surmontée d'un enfant en bronze doré; le cadran signé F.-F. Berthoud, à Paris. Epoque Louis XVI.

77 — Deux bustes en bronze sur socle en marbre blanc, représentant l'un Rousseau, l'autre Voltaire.

78 — Statuette en bronze : L'Hébé, de Roulleau. De la Maison Barbedienne.

79 — Statuette en bronze : Apollon jouant de la lyre ; socle en marbre. De la Maison Colin.

80 — Pendule avec sujet en bronze doré : L'Amour et l'Amitié, sur socle en marbre rouge ; bas-relief en bronze doré sur la face, et encadrement de perles sur les côtés cintrés. Mouvement de Clerget. Style Louis XVI.

81 — Pendule en marbre blanc, à motifs et bas-reliefs en bronze. Au centre, le cadran est soutenu par une borne ; sur les côtés, colonnes en marbre surmontées de deux pigeons en bronze.

82 — Petit buste représentant Louise Brognard, d'après Houdon,

83 — Buste en marbre : « La Rieuse », signé Bozoni.

84 — Buste en marbre représentant Madame Elisabeth, signé Bruneau.

85 — Lustre en bronze doré garni de cristaux, installé à l'électricité. Style Louis XVI.

86 — Suspension de salle à manger en bronze doré à ornements de pavots, installée à l'électricité.

MEUBLES

87 — Deux fauteuils Louis XIII, recouverts de tapisserie au point à petits personnages dans des paysages et animaux.

88 — Fauteuil Louis XIII, recouvert de tapisserie au point à sujets mythologique sur le dossier, et sur le siège une scène religieuse.

89 — Commode Régence de forme ventrue, en marqueterie de bois, s'ouvrant à cinq tiroirs, entrées de serrures, chutes et motifs en bronze, dessus en marbre veiné.

90 — Vitrine en palissandre, garnie de bronzes dorés, de style Louis XV, de la maison Boudet.

91 — Salon en bois doré, recouvert d'étoffe verte, composé d'un canapé, deux fauteuils et deux chaises, style Louis XVI.

92 — Bureau plat en palissandre, dessus en cuir avec plaque de verre, chutes, motifs et cariatides en bronze doré, style Louis XIV.

93 — Lit de repos Louis XVI en bois laqué, recouvert de soierie bleue à rayures.

94 — Commode Louis XVI en bois de rose, garnie de bronzes, dessus de marbre.

95 — Bureau cylindre Louis XVI en marqueterie de bois, dessus en marbre avec galerie de cuivre.

96 — Vitrine en acajou à deux portes grillagées, dessus de marbre style Louis XVI.

97 — Meuble Renaissance à deux corps en chêne sculpté avec colonnettes.

98 — Ecran de foyer en bois sculpté et doré, feuille en tapisserie d'Aubusson, attributs de musique, style Louis XVI.

99 — Fauteuil à oreilles en bois sculpté et doré, style Régence.

100 — Chaise en bois sculpté, époque Régence.

101 — Console en acajou, dessus de marbre blanc, époque premier Empire.

102 — Psyché en acajou, époque premier Empire.

103 — Petite commode à deux tiroirs, avec panneaux en ancien laque de Chine à décor de personnages dans un paysage, XVIIIe siècle.

104 — Console en bois ciré et sculpté, dessus de marbre blanc, époque Louis XV.

TAPISSERIES

105 — Environ neuf mètres de bordure en tapisserie au point, fond bleu, dessins à ornements, rinceaux, oiseaux et fleurs. Epoque Louis XIV.

106 — Panneau en ancienne tapisserie d'Aubusson à décor d'oiseaux, arbres et habitations.

Haut. : 2m30 ; Long. : 4m.

107 — Grand panneau en ancienne tapisserie d'Aubusson, à motifs de personnages mythologiques, signée : C. Mosart.

Haut. : 2m35; Long. : 4m.

108 — Panneau en ancienne tapisserie à décor de personnages. La bordure est ornée de fleurs et de fruits.

Haut. : 2m20 ; Long. : 3m.

109 — Objets omis.

www.ingramcontent.com/pod-product-compliance
Ingram Content Group UK Ltd.
Pitfield, Milton Keynes, MK11 3LW, UK
UKHW020232180726
13838UKWH00005B/2344